YASMINA

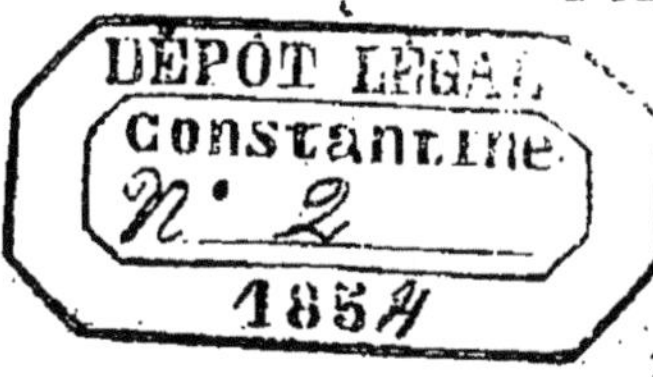

BALLADE

Varium et mutabile semper.
— VIRGILE. —

Ahmed-Bey disait, un soir,
Sous l'ombre d'un vert platane :
— Je veux, mon eunuque noir,
Demain changer de sultane. —
L'eunuque, le lendemain,
Lui conduisit par la main
Une blonde enfant du Caire :
Deux yeux bleus, un teint de lait ;
Une perle qu'un corsaire
Prit, un jour, dans son filet.....

Trois soirs après, Ahmed, couché sous un platane,
Disait : — Je veux demain prendre une autre sultane.—

— Voyez, seigneur, le soleil,
Par le temple de la Mecque!
A-t-il rien fait de pareil
Aux yeux noirs de cette grecque?...
Ma florentine, on le sait,
Danserait dans le corset
D'une guêpe ou d'une abeille....
Fleurs de Londre ou de Paris,
Choisissez!... j'ai ma corbeille
Toute pleine de houris..... —

A son eunuque noir, Ahmed, sous le platane,
Disait toujours : — Je veux prendre une autre sultane.—

Alors l'eunuque lui dit :
— Je vous propose un échange :
La tête d'un juif maudit
Pour la tête de cet ange....
Quoi ! vous dédaignez encor
Cet œil bleu sous ses cils d'or!...
Celui de mon andalouse,
Maître, vous plaîrait-il mieux?
Il brille à rendre jalouse
L'étoile, cet œil des cieux..... —

Mais, chaque soir, Ahmed, couché sous son platane,
Disait : — Je veux demain prendre une autre sultane.—

Quand des yeux bleus aux yeux noirs,
Des houris brunes aux blondes,
Ahmed, passant tous les soirs,
Eût fait le tour des deux mondes,
Vers la blanche *Yasmina*
Le regret le ramena....
Il lui dit : — Ma bien-aimée,
Fleuris toujours mon chemin,
Toi que ta mère a nommée
Yasmina, *fleur de jasmin!....* —

Et l'on n'entendit plus Ahmed, sous le platane,
Dire : — Je veux demain prendre une autre sultane. —

...... Deux mots encore au sujet des *Ballades*, l'un sur *la Fileuse*, par M. Théod. Chéron, pièce trop compliquée, mais non sans charme; l'autre sur *Yasmina*, par M. Eugène Bache, de Paris, qui ne manque ni de grâce, ni d'originalité, ni de couleur locale, mais qu'il était difficile d'imprimer, l'auteur l'avouera; et nous prendrons congé des *Ballades* (Extrait du *Recueil de l'Académie des Jeux Floraux* et du *Rapport sur le concours de 1850.*)

LE 1er D'UN MOIS

ÉPÎTRE

A Messieurs les Mainteneurs des Jeux Floraux.

Petit poisson deviendra grand.
— LAFONTAINE. —

Le trente-un mars, vers six heures du soir,
Juste au moment où, venant de m'asseoir
Près d'un bon feu, j'allais me mettre à table,
Un homme, armé d'un nez épouvantable,
Museau plus noir que du vieux parchemin,
Chapeau ciré, tout poudreux, fouet en main,
Entre chez moi, sans cogner à la porte,
Criant : « Bourgeois, un paquet que j'apporte!... »
Je déficèle avec soin mon ballot,
J'ouvre, je cherche et j'y trouve.... — O complot!
O trahison! ô perfidie insigne!...
Affront sanglant, et qu'ici je consigne,

Pour démontrer à la postérité
Jusqu'à quel point la lon-ga-ni-mi-té,
Ce sentiment naturel au cœur tendre,
Chez un mortel, au besoin, peut s'étendre !...

Ce paquet-monstre était si dûment fait,
Que, tout d'abord, il m'a produit l'effet,
Le doux effet d'une grasse bourriche....
Cadeau d'amis !... Or, quand on n'est pas riche,
Et que, pourtant, on a bon appétit,
Ces envois-là font petit à petit,
Moins par leur prix que par leur importance,
Tout doucement supporter l'existence.

J'ajouterai que, dans ma vanité,
D'un tel présent je me sentais flatté.

Je l'ouvre donc.... ou plutôt je commence
A dérouler une ficelle immense,
Serpent trompeur enlaçant de ses nœuds
Une enveloppe au tissu glutineux,
Que l'industrie, assez mal inspirée,
A surnommé, je crois, toile cirée.
Autre enveloppe.... en papier gris primo,
S'arrondissant comme un dos de chameau,
De vingt cachets par les deux bouts scellée,
Pour que la *chose* à l'œil fût mieux voilée.

Je décachète.... et j'avoue, en passant,
Que tout-à-coup a bouillonné mon sang,
Lorsque j'ai vu, touché, senti.... que dis-je ?
Lorsqu'à l'odeur, soit surprise ou prodige,
J'ai vraiment cru ne m'être pas trompé,
Et que l'objet s'offrit enveloppé,

Par un excès d'aimable déférence,
Dans un papier couleur de l'espérance.

« Ah ! m'écriai-je, en me collant le nez
« Sur le vélin, chers oiseaux, pardonnez!...
« De votre mort je ne suis pas la cause ;
« Mais il faut croire à la métempsycose....
« En attendant, jamais plus doux fumet
« N'a chatouillé l'odorat d'un gourmet !... »

Sur ce, tirant de l'index et du pouce,
Crac.... je déchire.... Un corps dur me repousse,
Et, par l'effet d'un magique ressort,
De l'étui vert un autre paquet sort....
Paquet informe, indigeste assemblage
De vieux morceaux de papier d'emballage,
Et sur lequel, enserrant ses parois,
Se distendait la double bande en croix
D'un parchemin jaunâtre et plein de rides,
Datant d'Hérode ou du temps des Atrides.

Oh ! pour le coup, c'est trop fort !... Le soupçon
Glisse en mon cœur.... et j'éprouve un frisson
En remarquant que le papier coquille,
Cette fois-ci, tourne au reflet jonquille.
Lors, sans égards, sans pitié pour le fonds,
Comme un chacal, sur la forme je fonds ;
Des dents, de l'ongle arrachant l'enveloppe,
Je mords, j'éventre.... et ma fureur galope
Tant et si bien, que l'innocent parquet
Se jonche au loin des débris du paquet.

Soudain un cri, parti de mes entrailles,
Fait frissonner la vitre et les murailles.

J'ai froid, j'ai peur.... et je ferme les yeux,
En invoquant le dieu de mes aïeux.
Je me crus mort, comme au *Festin de Pierre!*...
Bientôt pourtant je rouvris la paupière.

Alors j'ai vu.... j'ai vu.... devinez quoi?...
Cherchez, songez.... Or, si vous restez coi,
Mais qu'après tout ce récit vous amuse,
De terminer veuillez prier ma muse.

Donc, le ballot qui m'était adressé,
Si bien cousu, si bien cadenassé,
Ne contenait (voyez ma découverte!)
Qu'un *poisson mort*, dans de la mousse verte!...
Plus un billet laconique et daté :
PREMIER AVRIL. — *Comment va la santé?*
Puis, tout au bas, pour me sucrer l'amande,
Ces mots tracés par façon de commande,
Mots séducteurs propres à m'attendrir :
— *Aux Jeux Floraux veux-tu point concourir?*

Ma foi, Messieurs, j'ai l'humeur un peu vive :
Un rien suffit pour qu'un mal se ravive.
Plusieurs échecs éprouvés dans vos *Jeux*
Ne m'en ont pas rendu moins courageux;
Aussi je viens grossir encor la liste
Des candidats.... Quoique le fabuliste
Donne, en ces mots, l'espoir au concurrent :
« Petit poisson, s'il vit, deviendra grand, »

Vous n'aurez pas la cruauté, je pense,
De faire attendre au mien sa récompense ;
Sinon, Messieurs, vous courez grand péril
D'en être encor pour *un poisson d'avril.*

...... *Le 1er d'un mois*, par M. Eugène Bache, de Paris, est une historiette plaisante, semée de traits facétieux, et fort bien rimée. Mais pour qu'une Épître soit digne de nos couronnes, il ne suffit pas qu'elle amuse ; il faut qu'une pensée morale l'anime ; il faut que, sous la plaisanterie même la plus gaie, elle cache un fond solide et sérieux (Extrait du ***Recueil de l'Académie des Jeux Floraux*** et du ***Rapport sur le concours de 1851***).

L'HOSPITALITÉ AU DÉSERT

BALLADE

Car, partout, l'Orient a sacré l'étranger.
— LAMARTINE. —

Arrête, voyageur, dessangle ta chamelle;
On n'attend plus que toi sous l'ombre du palmier;
Le ciel est étoilé, la nuit est calme et belle;
Accepte, voyageur, un gîte hospitalier.

Beau pèlerin, jouet d'un lointain diaphane,
Dans le désert sans fin oses-tu t'engager?
Voyageur attardé de quelque caravane,
Ah! cesse de marcher par un soleil qui plane;
Viens sous l'abri de poils avec nous partager.

Arrête, voyageur, dessangle ta chamelle;
On n'attend plus que toi sous l'ombre du palmier;
Le ciel est étoilé, la nuit est calme et belle;
Accepte, voyageur, un gîte hospitalier.

Au loin n'as-tu pas vu notre tente brunâtre,
Et nos troupeaux nombreux couvrant les monts altiers,
Et Fathma, notre fille, assise auprès de l'âtre,
Pétrissant, de sa main plus blanche que l'albâtre,
Le pain noir de maïs qu'elle offre à nos guerriers?...

Arrête, voyageur, dessangle ta chamelle;
On n'attend plus que toi sous l'ombre du palmier;
Le ciel est étoilé, la nuit est calme et belle;
Accepte, voyageur, un gîte hospitalier.

Dieu nous donna, mon fils, le désert pour domaine;
Nous sommes d'Ismaël le vivant souvenir.
Depuis quatre mille ans, nos tribus, dans la plaine,
Mêlant leurs os blanchis à la cendre romaine,
Ont vu des nations naître, croître et mourir!...

Arrête, voyageur, dessangle ta chamelle;
On n'attend plus que toi sous l'ombre du palmier;
Le ciel est étoilé, la nuit est calme et belle;
Accepte, voyageur, un gîte hospitalier.

Nous t'offrons, parmi nous, l'air et l'indépendance,
Une esclave aux yeux noirs pour t'aimer, te servir,
Pour parer ton cheval, pour aiguiser ta lance,
Pour alléger tes maux aux jours de la souffrance,
Pour exalter ton cœur lorsqu'il faudra mourir!...

Arrête, voyageur, dessangle ta chamelle;
On n'attend plus que toi sous l'ombre du palmier;
Le ciel est étoilé, la nuit est calme et belle;
Accepte, voyageur, un gîte hospitalier.

Mais, sourd à ma prière, il part.... Le ciel se plombe :
De la cîme des monts s'élance le torrent ;
Le chétif pèlerin, assailli par la trombe,
Sous le noir tourbillon frémit, chancelle et tombe !...
Puis à ses cris l'écho répond en murmurant :

Mort est le voyageur, errante est sa chamelle ;
Le souffle du simoun a brisé le palmier ;
Le ciel était si pur, la nuit était si belle ;
Hélas ! que ne vint-il au gîte hospitalier !....

(Extrait du *Recueil de l'Académie des Jeux Floraux ;* mention honorable au concours de 1852.)

HAMMAM-MASKOUTINE

ou

LES BAINS MAUDITS

BALLADE

La vengeance de ton Seigneur sera terrible.
— KORAN — ch. LXXXV, v. 12. —

Celui qui se repose à l'ombre des lentisques
Qui verdissent épars autour des *Bains Maudits*,
Du sommeil du tombeau s'endort, et court grands risques
De ne pas s'éveiller dans le saint paradis;
Car les djinouns viendront, à son heure suprême,
Sur sa lèvre changer la prière en blasphême.....

Mais, pendant mon récit, jetez quelques boudjoux;
Bien vieux est le conteur et bien vieux son burnous.

Jadis, au bord des eaux de la vallée ombreuse,
Un scheikh puissant comptait trente douars soumis. —
Ces rocs nus, dispersés sur l'arène poudreuse,
Pareils à des chacals sur le sable endormis,
Sont les fils des douars que le doigt du Prophète
A durcis sur la terre, au sortir d'une fête.....

Mais, pendant mon récit, jetez quelques boudjoux;
Bien vieux est le conteur et bien vieux son burnous.

Le scheikh est bien heureux, disait-on : il s'abrite
Sous une tente neuve, à l'ombre des figuiers;
Tous ses plaisirs sont longs et sa douleur est vite;
Il a de bons fusils et beaucoup de guerriers;
Le blé dans ses silos, ainsi que l'orge, abonde;
Ses troupeaux sont nombreux, et sa femme est féconde....

Mais, pendant mon récit, jetez quelques boudjoux;
Bien vieux est le conteur et bien vieux son burnous.

Tout bien nous vient d'en haut, malheur à qui l'oublie!
Or, le scheikh assembla les hommes et leur dit:
« Je suis puissant, pour vous ma sœur est trop jolie;
« Je suis puissant, ma sœur partagera mon lit.
« Pendant quarante jours, vous aurez grandes fêtes,
« Et le vin des *roumis* échauffera vos têtes. »

Mais, pendant mon récit, jetez quelques boudjoux;
Bien vieux est le conteur et bien vieux son burnous.

Les sages des tribus, à cet affreux blasphême,
Répondirent : « Malheur à qui brave les cieux ! »
Et des saints marabouts les têtes, ce soir même,
De la tente du scheikh ensanglantaient les pieux....—
Le peuple, insouciant, dans la plaine s'écoule,
Et le bruit des tam-tams rend joyeuse la foule.....

Mais, pendant mon récit, jetez quelques boudjoux ;
Bien vieux est le conteur et bien vieux son burnous.

Jamais on n'avait vu de si vives danseuses
Tordre sur les tapis leurs corps demi voilés ;
Du vin blanc des *roumis* les cascades mousseuses
Eteignaient en tombant le feu des narguilés ;
Les hommes chancelaient, les femmes oublieuses
Laissaient à découvert leurs figures rieuses.....

Mais, pendant mon récit, jetez quelques boudjoux ;
Bien vieux est le conteur et bien vieux son burnous.

Le couple incestueux présidait à la fête....
Mais la lune pâlit, et le soleil naissant
Des touffes des palmiers déjà dore le faîte.
Les coupables époux se retirent, laissant
La danse pour gagner la tente solitaire
Qui répandra sur eux son ombre et son mystère.....

Mais, pendant mon récit, jetez quelques boudjoux ;
Bien vieux est le conteur et bien vieux son burnous.

Tout bien nous vient d'en haut, malheur à qui l'oublie!
Le danseur ne peut plus tracer ses légers pas;
Sous un manteau de roc bientôt ensevelie,
La danseuse s'arrête..... et déjà le trépas,
Comme un suaire, étend sa morne solitude
Sur les lieux où riait la folle multitude.....

Mais, pendant mon récit, jetez quelques boudjoux;
Bien vieux est le conteur et bien vieux son burnous.

Ce grand roc allongé que deux bosses surmontent,
C'est, dit-on, le chameau qui portait les présents.
Les vieillards, accroupis sur leurs nattes, racontent
Que, pour mieux attirer près de lui les passants,
Il exhale le soir une vague harmonie,
Pareille au frôlement des ailes d'un génie.....

Mais, pendant mon récit, jetez quelques boudjoux;
Bien vieux est le conteur et bien vieux son burnous.

Voici le scheikh suivi d'un marabout parjure,
Le kaïd qui jamais ne sut mettre d'accord,
L'agha pressant en vain les flancs de sa monture,
Puis le tebib aimé des djinouns de la mort.
Voici la mariée; enfin, changés en pierre,
Voyez guerriers, enfants, femmes.... la troupe entière!...

Mais, pendant mon récit, jetez quelques boudjoux;
Bien vieux est le conteur et bien vieux son burnous.

Quand, après le soleil, la tranquille nature
Dort et se désaltère aux brumes de la nuit,
On entend dans les airs un étrange murmure,
Qui tour à tour s'efface, et renaît, et s'enfuit;
Chaque pierre se lève, et, pour la ronde immense,
Prend sa place et bondit..... la fête recommence!....

Mais, pendant mon récit, jetez quelques boudjoux;
Bien vieux est le conteur et bien vieux son burnous.

Fuyez, fuyez alors!... La musique perfide
Pourrait vous attirer au bord du bain maudit.
Une fois entraîné par la danse rapide,
On ne s'arrête plus..... Allah! c'était écrit!
Et lorsque dans le val le jour dissipe l'ombre,
Des immobiles rocs on augmente le nombre!....

Merci, croyants, mes mains sont pleines de boudjoux,
Et je m'abriterai sous un nouveau burnous.

(Extrait du *Recueil de l'Académie des Jeux Floraux;* mention honorable au concours de 1853.)

UN DES TRAVAUX D'HERCULE

POÈME ANTIQUE

Aurea mala.
— VIRGILE. —

Du temps des dieux, les jeunes Hespérides
Avaient, dit-on, un jardin enchanté
Qui verdoyait au pied des monts arides
Qu'Atlas, leur père, habitait en été.
Plus frais séjour n'existait sur la terre;
Et Jupiter, au milieu des palmiers,
Pour l'embellir, y planta des pommiers,
Dont les fruits d'or recélaient un mystère.
— On se souvient que Junon, l'épousant,
Au roi des dieux fit ce fatal présent.

Or, pour tromper l'avidité des hommes,
Et pour soustraire à leurs yeux, à leurs mains,
A tout jamais, l'or de ces riches pommes,
Il n'eut suffi de l'abri des jasmins.
Donc, un dragon fut commis à leur garde :
Fils du Chaos, le monstre — affreux à voir —
Sur ce trésor exerçant plein pouvoir,
Par deux cents yeux, jour et nuit, le regarde;
En outre, il peut, pour l'effroi des gourmands,
De cent façons pousser cent sifflements.

De ce jardin les trois aimables reines,
Joignant, de plus, la grâce à la beauté,
Avec des yeux et des voix de sirènes,
Pouvaient changer de forme à volonté.
— Or, des pommiers Atlas dépositaire,
Etant d'Afrique un des grands potentats,
Semblait devoir, au sein de ses états,
Tranquille, heureux, vivre en propriétaire ;
Mais la Discorde, enviant cet honneur,
Ne tarda pas à troubler son bonheur.

Un roi d'Egypte, en les sachant si belles,
Fit un projet, qu'il tint longtemps caché :
Celui de prendre au nid les colombelles
Et leur trésor — par dessus le marché.
— Donc, un beau soir que la famille en groupe,
Se doutant peu qu'un malheur fût si près,
Goûtait l'air pur à l'ombre des cyprès,
Un brigand fond sur eux avec sa troupe.....
Le dragon siffle, Atlas est aux abois,
Et les trois sœurs de s'enfuir dans les bois !....

Mais le pirate, en frémissant, s'arrête,
Sa bande aussi..... De quel effroi soudain
Sont-ils frappés?... Qu'ont-ils vu sur la crête
Des monts voisins courir vers le jardin?....
— Sur les bandits, que son aspect foudroie,
Hercule, armé d'un roc et menaçant,
Se précipite, avec un cri perçant,
Et, dans son choc, il brise, écrase et broie.....
— Si bien fit-il, que tout, en un clin d'œil,
En fuite ou mort, n'eut qu'à porter le deuil.

Or, le dragon, qui, pendant la mêlée,
N'avait cessé de siffler en fureur,
Hurle avec rage, et, de sa croupe ailée
Battant le sol, sème au loin la terreur....
Le dieu le voit, d'un bond sur lui s'élance,
L'étreint d'un bras, le frappe, l'étourdit,
Puis à la gorge étranglant le maudit,
D'un dernier coup le réduit au silence....
Le monstre roule au pied des verts pommiers
Que Jupiter planta sous les palmiers.

Le vieil Atlas accourt, pleurant d'ivresse,
Et sentant bien qu'il est son débiteur,
Vers le héros, que dans ses bras il presse,
Et qui pour lui fut un libérateur.
« —Comment payer ton secours?... Mais, j'y pense....
« Ami, tu viens d'assurer pour toujours
« L'ordre et la paix au plus beau des séjours....
« Prends ces fruits d'or, au moins, en récompense.... »
Le dragon mort, Atlas et les trois sœurs
Des fruits divins restaient seuls défenseurs.

« — Non, dit Hercule. Il est temps que les hommes
« Goûtent ces fruits, sans répandre de pleurs;
« Car, tu le sais, les trop fatales pommes
« Ont, sur la terre, assez fait de malheurs!...
« Garde-les donc.... pour que, dans ton domaine,
« En les cueillant sans crainte et sans danger,
« L'homme ait, au moins, le loisir d'en manger,
« Et se souvienne, un jour, du fils d'Alcmène. »
Le dieu partit, sans propos superflus,
Et, depuis lors, on ne le revit plus.

— Or, si jamais vous traversez la *plaine*,
Vous pourrez voir, non loin de la Chiffa,
La ville arabe, encor de fruits d'or pleine,
Où le héros doublement triompha.....
Car un saint homme, au pied des monts arides
Du vieil Atlas, en priant Dieu, fonda,
Du temps des Turcs, la cité de *Blida*
Dans le jardin qu'avaient les Hespérides.
Ces lieux, dotés du présent de Junon,
Toujours plus beaux, n'ont changé que de nom.

Mais, aujourd'hui, les fleurs et la verdure,
Cachant l'oiseau sous leurs festons légers,
Dans les bosquets, forment une bordure
De doux parfums aux fruits des *orangers*.
L'arbre des dieux a fait de ces campagnes
Un élysée, où l'éternel printemps
Sourit sans cesse aux heureux habitants
Qu'Atlas protège au pied de ses montagnes.
— Voilà pourquoi Blida, sœur d'*Al-Djézir*,
Reçut le nom de *ville du plaisir*.

(Extrait du *Recueil de l'Académie des Jeux Floraux*; mention honorable au concours de 1853.)

LES ENFANTS PERDUS DANS LES BOIS

BALLADE

> Petits oyseaulx envollez,
> Où donc estes-vous allez?
> — ANCIEN FABLIAU. —

Le jour baissait. De la ferme isolée,
Les deux enfants, par leurs jeux emportés,
S'étaient au loin, vers le bois, écartés.
Il faisait froid : chaque nuit, la gelée
Jonchait le sol du feuillage des bois
Et blanchissait de givre la chaumière.
Ils écoutaient, le long de la clairière,
Les vents traînant leurs lamentables voix.....

Il était soir.... Mais, en grappe vermeille,
Des fruits si beaux pendaient à l'églantier !
Sous les bouleaux, ils prirent le sentier ;
A chaque pas, tous deux prêtaient l'oreille ;
Des chiens encore on entend les abois.
Et de courir sur la feuille jaunie,
Seuls, au hasard !... Sous la forêt brunie
Les vents traînaient leurs lamentables voix....

Aux coudriers restaient des fruits sans nombre,—
Car, occupé par des soins bien plus doux,
Le promeneur les avait laissés tous. —
Leurs tabliers étaient remplis.... Mais l'ombre
S'épaississait sous la voûte des bois.
Du chien déjà se tait la voix aimée.
Ils eurent peur, bien peur.... Sous la ramée
Les vents traînaient leurs lamentables voix....

Pauvres enfants! ils avançaient ensemble,
Bien enlacés, loin de tous les chemins,
Et les buissons leur déchiraient les mains.
Pâles au bruit de la feuille qui tremble,
Ils ont nommé leur mère bien des fois.
Dans la forêt, noire et silencieuse,
Rien ne répond à leur voix douloureuse,
Rien que les vents aux lamentables voix....

Et sous leurs pieds la feuille frémissante
Leur faisait peur.... Dans les épais fourrés
Ils cheminaient, les enfants égarés,
Sans dire mot, car leur voix gémissante
Eut éveillé les louves de ces bois,
Et fait sortir des rochers qu'elle habite,
Sur son balai, la sorcière maudite. ..
Les vents traînaient leurs lamentables voix....

Ils regrettaient la vaste cheminée
Où, chaque soir, petit ou grand venait
Causer gaîment, au clair feu de genêt;
Leur lit bien doux, bien chaud; leur sœur aînée

Qui leur disait des contes d'autrefois,
En leur montrant, sur le manoir qui penche,
Ombre plaintive, errer la *Dame Blanche*....
Les vents traînaient leurs lamentables voix....

Frayeur mortelle ! une lueur étrange
Sur le marais trace mille chemins....
Ils se cachaient la tète entre les mains,
Implorant Dieu, la Vierge et leur bon ange;
Puis, ils faisaient force signes de croix,
Tous deux blottis sous la haute bruyère,
Tremblants de froid, de peur.... A leur prière
Les vents mêlaient leurs lamentables voix....

Il fait bien noir ! Si Dieu ne les protège,
Ils vont périr, les deux enfants perdus !
Toute la nuit, sur leurs corps étendus,
A gros flocons, tomba, tomba la neige....
Le lendemain, on les retrouva froids....
Leur mère en vain, dans sa douleur amère,
Les appelait. .. Seul, aux cris de leur mère
Répond le vent aux lamentables voix !...

.... Nous avons aussi remarqué deux Ballades intitulées, l'une, *le Duc de Bretagne*, l'autre, *les Enfants perdus dans les bois*. Dans la première, etc..... Sur le fond, bien léger, qui fait le sujet de la seconde, M. Eugène Bache, de Paris, a su répandre de l'intérêt; il a saisi le ton convenable, et le refrain qu'il a choisi est presque toujours ramené à propos (Extrait du *Recueil de l'Académie des Jeux Floraux* et du *Rapport sur le concours de 1854*).

L'ARABE

L'arabe au désert habite;
Il est pauvre avec fierté;
Il vit sur les rocs, médite....
Un sabre et la liberté!...

Une femme, un peu d'ombrage,
De l'eau courante, un jasmin,
Un burnous contre l'orage,
Du tabac pour le chemin....

D'un coursier, que rien n'arrête,
Partager tous les ébats;
De l'Atlas franchir la crête,
Briller dans tous les combats!...

— Et nos gens, chrétiens de Rome,
Coloniseurs à lorgnon,
Voudraient faire à ce brave homme
Manger la soupe à l'oignon!

Constantine. — Imprimerie ABADIE.

www.ingramcontent.com/pod-product-compliance
Ingram Content Group UK Ltd.
Pitfield, Milton Keynes, MK11 3LW, UK
UKHW020540230726
13925UKWH00006B/2404